PRODIGE

DE VERTU.

HISTOIRE

DE RODOLPHE

ET DE Y. 511. *prée*
2.

ROSEMONDE.

Le prix est de six sols.

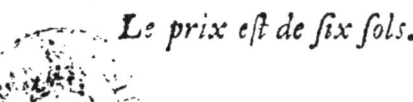

A PARIS,

Chez JACQUES EDOUARD,
Parvis Nôtre-Dame, du
côté des Tours.

M. DCC. XXXVIII.

AVEC PERMISSION.

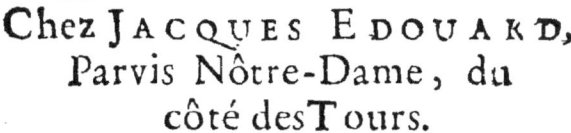

PREFACE.

CEs jours paſſez, dans les Thuilleries, un jeune Etranger ſe fit admirer par le recit de pluſieurs Avantures Tragiques. Il étoit environné de pluſieurs Dames qui ne pouvoient ſe raſſaſier de l'entendre. En effet il s'exprimoit avec une éloquence digne d'envie, & répondoit avec politeſſe à toutes les queſtions qu'on lui faiſoit. La converſation ſe termina par l'Hiſtoire qu'on donne au Public, & qu'on peut nommer, avec raiſon, *un Prodige de vertu.* La compagnie la trouva ſi extraordinaire, qu'elle pria cet Inconnu d'en donner une copie, & c'est celle-cy qu'on a jugé à propos de rendre publique ; peut-être que la lecture de cette sagesse inébranlable, engagera les femmes mariées, à être moins évaporées, & moins prodigues de ce qu'elles ont de plus cher au monde. Les maris béniront le Seigneur, quand ils feront assez heureux d'avoir une épouse dont la vertu ne se peut démentir, & lesquelles, quoique d'une beauté brillante, resistent avec force aux piéges qu'on leur tend pour les faire succomber sous le poids des tentations.

PRODIGE
DE VERTU.

HISTOIRE
DE RODOLPHE,
ET DE
ROSEMONDE.

 AMAIS le vice ne fut
fi triomphant, que la ver-
tu n'ait trouvé quelque
refuge. Pendant que la galanterie regnoit dans la Cour de Vienne ', la chasteté avoit trouvé un
azile dans un Château de Bohéme.
Le Seigneur de ce Château étoit

un Gentil-homme nommé Ro-
dolphe, qui avoit veritablement
l'avantage d'une noble naiſſance,
mais qui n'avoit pas de grands
biens : outre ſon Château, il
n'avoit que quelques Terres aux
environs qui l'obligeoient à vivre
d'épargnes. Cela n'empêcha pas
qu'il ne devînt paſſionné pour
une Demoiſelle nommée Roſemonde, qui paſſoit ſans contredit
pour la premiere beauté du Roy-
aume : il l'épouſa, quoiqu'elle
n'eut pas de biens, & ſe crût riche
comme un Créſus, quoique pour
toute dot elle n'apportât que ſa
beauté & ſa vertu.

Dans les trois premieres années
Roſemonde lui fit trois beaux
enfans, ſa fertilité commençoit
à épuiſer Rodolphe, & cet ac-
croiſſement de famille ſans aug-
mentation de biens, le rendit un
peu penſif : ce n'eſt pas qu'il fût
las d'avoir des enfans, mais il
étoit las de ne rien faire pour eux.

Dans cette penfée, il prit la réfolution de s'en aller à la Cour
de l'Empereur, pour tâcher d'a-
vancer fa fortune. Rofemonde
qui l'aimoit uniquement, eut
bien de la peine à fe réfoudre à
cette féparation, qui fut également
ment rude à Rodolphe & à elle.

Rodolphe étant arrivé à la
Cour de l'Empereur, il s'y fit
d'abord diftinguer par fes belles
qualitez : l'Empereur Maximi-
lien en conçût une grande eftime,
& fçachant qu'il étoit venu à la
Cour pour fe pouffer, ce Prince
lui donna un employ trés-avan-
tageux.

Il avoit déja joüi deux ans de
cet emploi, fans avoir eu d'autre
commerce avec fa femme, que
par Lettres, lorfqu'un ami lui
en fit la guerre : c'étoit un jeune
Comte, qui, un jour fe diver-
tiffant avec lui, & quelques autres perfonnes de qualité, lui
parla à peu près en ces termes.

» Il y a deux ans , Monſieur ,
» que vous êtes à la Cour , & je
» m'étonne que pendant tout ce
» tems-là vous n'ayez point fait
» de voyage vers Madame vôtre
» femme , qui paſſe par tout pour
» une beauté achevée ; vôtre
» abſence donne lieu de croire
» que vous n'avez pas beaucoup
» d'affection pour elle. Cette
créance , répondit Rodolphe au
Comte , eſt aſſurément mal fon-
dée : les bienfaits que j'ay reçûs
de Sa Majeſté , m'obligent d'être
aſſidu auprès de ſa perſonne , &
à ne pas quitter ſa Cour pour mes
plaiſirs , ma femme le voit bien ,
& ſe contente que je lui faſſe ſça-
voir ſouvent de mes nouvelles :
elle ſçait bien que je l'aime uniquement , & je ſçais auſſi qu'elle
m'aime : elle eſt belle, je vous
l'avoüe , mais ſa vertu ſurpaſſe
ſa beauté.

» Ha ! Monſieur , reprit le
» Comte , vous ne conſiderez pas

» le foible des femmes, & qu'il
» y en a très-peu qui foient à l'é-
» preuve. N'eſt-il pas vrai qu'à la
» guerre, les plus reſolus ſont
» quelquefois obligez de plier &
» de ſe rendre ? de même en eſt-
» il dans le Roïaume de l'amour.
» On a vû les Dames les plus
» fieres ſe radoucir, & celles qui
» paſſoient pour cruelles, s'at-
» tendrir & s'aprivoiſer. C'eſt ſe
» tromper de croire qu'il y ait des
» femmes avec des cœurs de
» diamant, ce ne ſont que des
» cœurs de glace qui perdent
» leur dureté, & qui s'amoliſſent
» par les larmes, & par le feu
» de l'amour.

Tout ce beau raiſonnement,
repartit Rodolphe, n'eſt pas ca-
pable de me faire concevoir la
moindre choſe au deſavantage
de ma femme : ſa vertu a toûjours
été hors de tout ſoupçon, je la
connois, & je la tiens pour une
femme invincible de ce côté-là :

A v

Vous voulez (pourfuivit-il) que toutes les femmes foient d'humeur à fe débaucher, parce qu'il y en a beaucoup qui le font ; & comme un mauvais Grammairien , vous tournez les regles en exceptions, & les exceptions en regles.

La deffus les autres Seigneurs qui étoient préfens , fe partagerent ; les uns prirent le parti du Comte, les autres celui de Rodolphe, & leur difpute s'échauffa fi fort , que la chofe vint aux oreilles de l'Imperatrice : elle eut la curiofité d'en apprendre toute la fuite de la bouche même de Rodolphe : Sa Majefté devint fa Patronne , elle foûtint vigoureufement fon parti contre le Comte & fes adherans, & accufa leur jugement d'injuftice & de témerité.

Cependant le Comte qui étoit rempli de foi-même, & qui avoit une haute opinion de fa perfonne

s'offrit de payer à Rodolphe la
fomme de dix mille écus, fi dans
l'efpace de trois mois il n'obtenoit
la derniere faveur de fa femme,
pourvû que Rodolphe s'obligeât
de fon côté à le laiffer faire fans
y apporter aucun empêchement.
Un autre Comte voulut être de la
partie, & fit la même propofition,
ce qui fit éclater de rire l'Imperatrice. Le premier Comte s'ap-
pelloit Frederic, l'autre Robert,
& tous deux avoient de gros
biens. L'un & l'autre protefterent
à l'Imperatrice qu'ils n'enten-
doient point raillerie, & qu'ils
étoient prêts à figner le Contrat.

Pendant cette conteftation,
l'Empereur entra, à qui l'Imperatrice communiqua d'abord le pro-
jet de ces deux Seigneurs; l'Empereur tourna tout auffi-tôt la chofe
en ridicule : les deux Comtes
cependant demeurerent fermes
dans leur réfolution, pourvû que
Rodolphe y voulut donner les
mains. A vj

Enfin Rodolphe y confentit,
& s'offrit même (pour prévenir
tout foupçon) de fe tenir enfermé
pendant les trois mois. L'Empereur fit tout fon poffible pour
diffuader les deux Comtes de
cette entreprife ; mais ce fut en
vain , le Contrat fut d'abord fait
& figné , & Rodolphe tout auffi-
tôt fut mis en lieu de fureté.

Par accord fait entre ces deux
Comtes , Frederic devoit aller le
premier tenter fortune avec la
belle Rofemonde , & au bout de
fix femaines le Comte Robert devoit y aller à fon tour. Suivant
cet accord , Frederic fe mit d'a-
bord en état de partir avec deux
valets à fa fuite. Enfin il arriva à
un certain Bourg qui étoit pro-
che du Château de Rodolphe.
Là il mit pied à terre , & entra
dans une hôtellerie à deffein d'y
paffer la nuit : à fouper il fit
venir fon hôte pour prendre
langue : il s'informa de lui tou-

chant la belle Rosemonde ; l'hôte
lui fit l'éloge de sa beauté & de
sa vertu.

Le lendemain Monsieur le
Comte étant extraordinairement
bien mis , s'en alla au Château ,
& fit dire à Rosemonde qu'il
étoit venu lui rendre visite. Rosemonde le fit entrer , & le reçût
selon sa qualité : d'abord sa
beauté & son air majestueux sur-
prirent le Comte : ils s'assirent ,
& ce fut alors qu'il commença
à lui dire des douceurs. Il lui
dit d'abord que le bruit de sa
beauté l'avoit fait venir de Vienne , mais que tout ce qu'on en
avoit dit n'étoit rien au prix de
ce que ses yeux avoient le bonheur de voir. Il continua à lui
conter des fleurettes de cette
nature , & enfin il lui déclara la
passion qu'il avoit pour elle :
Rosemonde qui avoit l'esprit bien
tourné , ne voulut pas d'abord
le rebuter ; elle lui dit simple-

ment qu'il la flatoit, & qu'elle
ne méritoit pas ces éloges ni cet
excez d'affection qu'il lui témoi-
gnoit, cependant elle lui fit bon
visage, & le Comte en conçût
d'abord de grandes esperances.

Pendant qu'il se flatoit ainsi,
Rosemonde s'avisa de punir sa
temerité de la maniere que voici.
Elle fit à croire au Comte qu'il
l'avoit mis dans un état à ne pou-
voir résister, qu'il falloit qu'elle
se rendit, & qu'elle étoit prête à
se donner tout à lui ; mais en
même tems, elle lui recommanda
d'être secret : & de peur que
quelqu'un de la maison ne s'ap-
perçût de l'intrigue, vous vien-
drez, lui dit-elle, dîner demain
avec moi, pendant que les do-
mestiques dîneront, vous entre-
rez dans la chambre de la grande
Tour, où les Armes de mon
mari sont taillez en marbre : dez
que vous y serez entrez, fermez
la porte aprés vous, & je vous

irai trouver par une autre porte
qui répond à mon apartement ;
ainfi nous pourons accomplir nos
défirs en toute fureté.

La-deffus le Comte lui baifa la
main avec bien de la foumiffion ,
& la remercia infiniment de la
grace qu'elle lui faifoit : c'eft une
faveur , lui dit-il , que j'eftime
plus qu'une Couronne ; & fi je
me tiens déja le plus heureux des
hommes dans l'efperance d'un fi
grand bonheur , que ne ferai-je
pas lorfque j'aurai le bien de
vous poffeder ?

Le lendemain il ne manqua
pas d'aller dîner avec Rofemonde
qui le reçût galamment : après
dîner les domeftiques s'étant re-
tirez , le Comte trouva le chemin de la Tour & la porte de la
chambre ouverte ; il couroit à
fon fuplice lorfqu'il fe flatoit
d'être fur le point de joüir d'un
grand bonheur. Dez qu'il fut
entré dans la chambre , la porte

se ferma d'elle même ; si bien qu'il
n'étoit pas possible de l'ouvrir sans
la clef. En dehors il y avoit un
grand cadenat avec une barre de
fer ; cette chambre avoit autre-
fois servi de prison perpetuelle
pour des criminels qu'on ne vouloit pas faire mourir. La fenêtre
qui donnoit jour dedans étoit
si haute, qu'on ne pouvoit y mon-
ter sans échelle , & le premier
objet qui se présentoit en bas ,
c'étoit un grand fossé plein d'eau.
Rosemonde avoit fait ajuster cette
prison pour le Comte, elle y avoit
fait mettre une table, un lit assez
propre, & des chaises.

Dez que le Comte Frederic y
fut entré il se mit aux écoutes ,
& rien ne lui tardoit tant que
l'arrivée de la belle Rosemonde ;
mais elle le fit languir si longtems
dans cette attente, qu'enfin ses
esperances se convertirent en
crainte & ses plaisirs en amertu-
mes ; mille pensées chimeriques

agitoient fon efprit d'une étrange
maniere , lorfqu'il entendit ouvrir un guichet près de la porte
de la prifon. D'abord le Comte
crut que c'étoit Rofemonde qui
venoit le mettre hors de peine ,
mais il fut bien étonné lorfqu'il
entendit la voix d'une jeune fille
qui s'adreffa à lui dans ces termes.

  » Monfieur le Comte , je fuis
» bien fâchée de vous voir dans
» cet état , le lieu où vous êtes
» n'eft pas comme vous penfiez ,
» un lieu à prendre des plaifirs ,
» mais un lieu de mélancolie :
» vous êtes le prifonnier de Ro-
» femonde ma maîtreffe, & vôtre
» crime c'eft d'avoir voulu atten-
» ter fur fon honneur. Pour ex-
» pier ce crime , il faut vous
» réfoudre à faire pénitence ici
» auffi long-tems qu'elle jugera
» à propos ; elle vous a condamné
» à jeûner au pain & à l'eau , à
» moins que vous ne vouliez ga-
» gner vôtre vie à filer , la que-

» noüille ne sied pas mal à des
» efféminez. A ces paroles elle
ferma le guichet , & s'en retourna
vers sa maîtresse.

A ce discours le Comte fremit
de rage , & fut même sur le point
de s'ôter la vie. Quelque tems
aprés ses esprits se retirerent , &
il demeura plus d'une grande
demie-heure à demi mort. Il en
revint , mais ce ne fut que pour
être sensible à son malheur. Ah !
» malheureux que je suis, s'écria-
» t'il: faut-il que je sois reduit
» dans cet état par ma folie, &
» par ma témerité? faut-il que
» tout d'un coup je perde mes
» biens, mon honneur, ma li-
» berté , & que cet accablement
» de malheurs vienne de la main
» de celle qui devoit me rendre
» heureux ? ma qualité me fait
» rougir de honte, ma témerité
» fait ma ruine, & par ma galan-
» terie, je suis devenu un mal-
» heureux esclave de Rosemonde.

Toutes ces réfléxions étoient inutiles ; en difant ces paroles, le Comte vit par hafard dans un coin de la chambre , une quenoüille garnie de lin , avec un fufeau qui pendoit : c'étoit un terrible revers de fortune pour un homme de fa qualité , de fe voir fur le point d'entrer au rang des filleufes , & au lieu d'une épée, de fe voir réduit à porter une quenoüille. Auffi ce fut à la veuë de ce trifte objet , qu'il penfa perdre le fens , & qu'il fit veritablement des actions d'un homme forcené de rage , en un mot c'étoit à tout rompre & à tout déchirer.

C'eft dans ces triftes réfléxions que le Comte paffa toute la nuit fans prendre aucun repos. Le lendemain à l'heure du dîner , Rofemonde lui envoya fa femme de chambre , qui ayant ouvert le guichet , dit au Comte qu'elle venoit chercher le lin qu'il avoit filé afin qu'il eut à manger & à

boire à proportion. Le Comte
tout tranſporté de fureur par ce
meſſage , lui chanta poüilles , &
ne pût s'empêcher de lui dire des
injures les plus piquantes , à quoi
elle répondit en riant: » Seigneur
» Frederic , vous faites mal de
» me traiter de la ſorte , ce n'eſt
» pas moi qui vous parle , mais
» ma maîtreſſe qui parle par ma
» bouche. Elle veut non-ſeule-
» ment que vous gagniez vôtre
» vie à filer , mais auſſi que vous
» déclariez vos complices : à
» moins de ces deux choſes , il
» faut vous réſoudre à ne vivre
» que de pain & d'eau : de vou-
» loir vous y oppoſer, c'eſt battre
» l'air & nager contre le torrent,
» vôtre mal eſt preſque ſans ref-
» ſource, & il n'y a que la bonté
» de Madame qui puiſſe y reme-
» dier : ainſi, Monſieur, diſpo-
» ſez vous à lui obéïr , c'eſt le
» meilleur avis que je puiſſe vous
» donner de ſa part.

Le Comte répondit qu'il feroit content de filer, & il fe fervit d'expreſſions peu refpectueufes pour l'honneur de Rofemonde. A ces paroles indécentes, la fille de chambre ne lui laiſſa que du pain & de l'eau pour fon dîner. La nuit vint avant qu'il eut rien mangé, & il paſſa cette nuit - là comme la premiere, fans prendre un moment de repos.

Cependant Rofemonde avoit pris la précaution d'enfermer les valets du Comte dans un autre endroit du Château , mais elle donna ordre qu'ils fuſſent bien traitez, & que rien ne leur manquât que la liberté.

Il faut remarquer que Rodolphe , l'heureux mari de Rofemonde, avoit un Talifman, c'étoit une pierre enchaſſée dans une bague; elle avoit cette vertu par une certaine influence de planettes , que toutes les fois qu'on demandoit la derniere faveur à

Rofemonde, elle jauniffoit, & au cas que Rofemonde fe fut abandonnée, le Talifman feroit devenu tout noir fans jamais revenir à fa premiere blancheur.

Les quatre premiers jours que Rofemonde fut courtifée par ce malheureux Comte, le Talifman devint plus jaune & plus obfcur. Rodolphe voyant cela, en prit l'épouvante, & crut que fa femme l'alloit trahir. Mais fitôt que le Comte fut entré dans la prifon, la pierre reprit fa blancheur ; ce qui donna bien de la joye à Rodolphe, & lui fit attendre avec patience la fin de cette Avanture.

Enfin le Comte Frederic voyant qu'il falloit de neceffité fe foumettre à Rofemonde, fe réfolut d'apprendre à filer, & de lui déclarer l'accord qu'il avoit fait avec le Comte Robert; il prit donc la quenoüille, & commença à filer tantôt gros & tantôt menu. Un Héraclite qui l'auroit vû dans cette posture , n'auroit pû s'empêcher de rire.

A l'heure du dîner , la fille de chambre arrive & ouvre le guichet. Elle lui fait de la part de sa maîtresse , les mêmes demandes qu'elle avoit faites la derniere fois : le Comte tout confus, lui montra un fuseau de fil qu'il avoit filé , & lui dit la gageure qu'il avoit faite avec le Comte Robert contre Rodolphe.

La fille de chambre loüa sa soumission , & promit d'interceder pour obtenir le pardon de sa maîtresse à qui elle fit voir le fuseau qu'il avoit filé , & en même tems lui déclara la conspiration des deux Comtes.

Rosemonde ayant rendu grace au Ciel de cette délivrance , résolut d'attendre l'arrivée du Comte Robert, pour se venger de son attentat ; cependant le pauvre Frederic filloit toûjours , parce

qu'il y trouvoit son compte, outre
qu'on lui donnoit une bonne nou-
riture, & les autres commoditez
qui peuvent adoucir les peines
d'un prisonnier, & l'occupation
de filer charmoit son ennuy.

Six semaines s'étant à peu près
écoulées depuis le départ du
Comte Frederic, le Comte Robert
se disposa à partir. Il eut cependant quelque peine à s'y résoudre
parce qu'il n'avoit reçû aucun
avis de ce Comte depuis son em-
prisonnement ; pendant quelque
tems il n'augura rien de bon de
ce silence, mais enfin il se mit en
tête que le Comte Frederic pouvoit l'avoir oublié dans ses plaisirs, ou qu'il ne se soucioit pas
qu'un autre vint troubler son
bonheur. Dans cette pensée il se
mit en chemin avec un bel équi-
page, & résolut de tenter fortune.

Etant arrivé près du Château
de la belle Rosemonde, il s'enquit
d'abord du Comte Frederic: on lui
dit

dit qu'il y avoit déja quelque tems qu'il étoit parti.

Le lendemain il s'en alla rendre ses respects à la belle Rosemonde. Elle lui fit bon accüeil, & le reçût même avec un air enjoüé. D'abord le Comte prit cela pour bon augure ; mais Rosemonde qui étoit déja informée de son dessein, se résolut de trancher court avec lui, & fit d'abord accommoder une autre chambre qui touchoit à celle du fileur.

La premiere visite s'étant passée en civilitez reciproques, le Comte Robert lui fit le lendemain une visite amoureuse ; il lui dit entr'autres choses, que c'étoit pitié qu'une si rare beauté passât ses jours à la campagne, qu'elle mériteroit le premier rang parmi les Dames de la Cour, & que toutes les beautez de Vienne étoient prêtes à lui rendre hommage. Il continua pendant quel-

B

que tems ces fleurettes , & les
conclut par un grand soupir.

Ce soupir donna lieu à Rosemonde de lui en demander la
cause, à quoi le Comte Robert
répondit en soupirant de rechef;
c'est fait de moi, divine Rosemonde, je me meurs, si vous n'avez
la bonté de me secourir. Que
faut-il donc que je fasse pour
vous, repartit Rosemonde? s'il
faut vous aimer, je le veux bien,
& qui n'aimeroit pas un Seigneur
si bien fait, si rempli de mérite,
& si passionné? là dessus Rosemonde lui donna un rendez-vous,
& lui montra la chambre où elle
lui fit esperer le comble de son
bonheur.

On laisse à penser dans quels
transports de joye se trouva le
Comte Robert sur une réponse
aussi favorable à ses désirs. Il ne
songeoit à rien moins qu'aux
artifices, & aux rufes de Rosemonde, son esprit s'appliquoit

uniquement à admirer d'un côté
les charmes de sa personne, &
de l'autre sa bonté & sa com-
plaisance.

Mais bien - tôt il éprouva le
contraire, & il fut bien surpris
lorsque se flatant d'obtenir de
Rosemonde les dernieres faveurs,
il se trouva dans une prison aussi
bien que Frederic, & de Comte
Robert, devenu cardeur de
laine ; car dès qu'il fut entré
dans la chambre que Rosemonde
lui avoit fait préparer, il se vit
enfermé de tous les côtez, sans
esperance de ressource, & dans
un coin de la chambre, il décou-
vrit des outils à carder, qui étoient
de mauvais augure.

La fille de chambre lui fit
entendre quelque tems après de
la part de sa maîtresse, la raison
de ce procedé, elle l'avertit que
s'il vouloit vivre, il falloit qu'il
travaillât, & qu'il mit la main
à l'œuvre ; c'est le destin, pour-

fuivît - elle, de tous ceux qui
viennent voir ma maîtreffe dans
de mauvais deffeins. La liberté,
la fainéantife, & la trop bonne
chere, corrompent la plus part
des hommes; pour les réformer
il n'y a rien tel qu'un lieu d'arrêt,
le travail & l'abftinence : c'eft le
fentiment de Madame de Rofemonde , & c'eft-là tout ce que
j'ai à vous déclarer de fa part.

Le Comte Robert fe voïant
pris de la forte, en fut au défef-
poir , & fe mit à maudire le
jour de fon départ. Eft - ce ainfi,
s'écria t'il, que Rofemonde traite
ceux qui la viennent voir ? malheureux que je fuis! quelle ma-
nie m'a faifi , de vouloir tenter ce
hafard ? encore me confolerois-je
fi j'en étois quitte pour la perte
de dix mille écus ; mais de perdre
ma réputation qui m'eft infiniment plus chere, cela eft cruel.
Adieu la Cour, adieu la galanterie , après une telle difgrace,

il faut fe réfoudre à vivre en par-
ticulier. Grand Dieu l'ajoûta-t'il,
n'y avoit-il point d'autre moïen
plus doux pour punir une fi fotte
démarche ? Rofemonde en femme
moins fcrupuleufe, ne pouvoit-
elle pas me dire, allez, perfide,
je ne fuis pas telle que vous le
penfez.

Enfin Rofemonde ayant ainfi
puni la témerité de ces deux Seigneurs, en réduifant l'un à filer,
& l'autre à carder pour gagner
leur vie, elle fe défit de leurs
valets, & les renvoïa tous, en
donnant à chacun vingt ducats
pour fe retirer, en même tems
elle dépêcha un Exprès à fon mari
pour lui donner avis de ce qui
s'étoit paffé. Rodolphe ayant re-
ceu la Lettre de fa femme, l'en-
voïa à l'Empereur. Sa Majefté,
mais furtout l'Imperatrice, furent
ravis d'apprendre la conduite
héroïque de Rofemonde : toute
la Cour loüa cette action, &

B iij

ſa prudence , auſſi bien que ſa
chaſteté. L'Imperatrice déclara
ſqu'elle méritoit d'être miſe dans
l'Hiſtoire , avec l'éloge de la
plus belle , de la plus ſage , &
de la plus vertueuſe Dame qu'il
y eût dans la Bohéme.

Sur cette nouvelle, Rodolphe
fut élargi, & l'Empereur lui-
même prit ſoin que la juſtice lui
fut faite, ſuivant le contrat qui
s'étoit paſſé entre les deux Comtes
& lui. Ainſi ce fut une choſe
aſſez rare de voir Rodolphe gagner vingt mille écus dans le
courant de trois mois, & s'ac-
querir la reputation du plus heureux époux de la Bohéme, lequel
rendit ſa femme très renommée
pour ſa beauté & pour ſa chaſteté
dans tous les coins de la Bohéme
& de l'Empire.

Mais pour récompenſer la
ſageſſe d'une femme ſi vertueuſe ,
l'Empereur & l'Imperatrice firent
venir Roſemonde à la Cour , &

lui firent à son arrivée, un ac-
cueil le plus obligeant du monde,
toute la Cour la regardoit avec
admiration, parce qu'effective-
ment rien n'étoit plus sublime
en beauté & en mérite. L'Imperatrice la prit auprès d'elle en
qualité de Dame d'honneur, &
lui donna, tant qu'elle vécut,
des marques extraordinaires de
son estime & de sa faveur, ainsi
qu'à Rodolphe, dont la fortune
devint dans la suite des plus écla-
tantes.

A l'égard des deux malheureux
Comtes, ils furent mis en liberté, mais ils devinrent l'objet de la
risée de la Cour & du peuple ; &
pour éviter cette honte publique, ils se sauverent dans des
païs étrangers, & après avoir fait
belle figure à la Cour de l'Empereur, ils se virent réduits à
passer le reste de leurs jours dans
un affreux esclavage chez les
Turcs, & périrent en peu de tems

par la délicatesse de leur tempé-
rament.

Tel fut le malheureux sort
de ces deux Seigneurs : tant il
est vrai qu'un amour illegitime
a toûjours de très-mauvaises sui-
tes. Il est constant qu'il y a des
païs où le beau sexe sçait mieux
rafiner en galanterie, & que
souvent on a beau veiller jour &
nuit sur la conduite de certaines
femmes, si la vertu n'est pas
l'argus qui garde leur honneur,
elles feront un triste naufrage;
selon la remarque du célébre
Moliere (dans l'Ecole des femmes.
Acte troisiéme, Scene troisiéme)
que plus les femmes sont obser-
vées, & plus elles sont inge-
nieuses

A trouver pour venir à leurs coupables
      fins,
Des détours à duper l'adresse des plus
      fins,
Pour se parer du coup en vain on se
      fatigue,

Une femme d'efprit eft un diable en
    intrigue ;
Et dès que fon caprice a prononcé
    tout bas
L'Arreft de nôtre honneur , il faut
    paffer le pas.

Quelques exemples de cette
verité , ne feront pas ici hors de
propos. Dans les païs où les maris
jaloux font fi feveres envers leurs
femmes , qu'ils les gardent en-
chaînées comme des Singes , ou
enfermées dans des cages comme
des perroquets , pour s'en divertir
quand il leur plaît , felon la remarque de M. Leti , en parlant
des femmes d'Italie , dans fon
Hiftoire d'Elifabeth , on ne s'ap-
perçoit pas que les femmes y
foient plus vertueufes , & plus
délicates fur le chapitre de l'honneur , que dans les autres païs où
on les laiffe fur leur bonne foi ;
en forte que l'on peut dire que
la contrainte eft fouvent la mere
du vice auffi bien que de l'erreur,

comme Moliere le prouve par
ces Vers (dans l'Ecole des maris,
Acte 1. Scene 2.)

Le sexe aime à joüir d'un peu de
    liberté,
On le retient fort mal par tant d'auste-
    rité,
Et les soins défians, les verroux & les
    grilles,
Ne font pas la vertu des femmes & des
    filles,
C'est l'honneur qui les doit tenir dans
    le devoir.

    Cependant il y a une autre ex-
tremité qu'on doit ce semble éviter, & qui n'est pas moins à crain-
dre que la contrainte, c'est la trop
grande liberté qu'on accorde aux
femmes d'aujourd'hui dans de
certains païs. Il n'est personne qui
n'avoüe que les deux Loix qui
font en usage en Angleterre, &
qu'on peut voir dans l'Histoire de
Cromwel, par M. Leti, Tome 1
page 59. & 362. accordent des
privileges si considerables, qu'elles
en abusent bien souvent.

M. de Chamberlaine 1. partie,
page 341.& fuivantes, parlant de
ces mêmes Loix , dit que la con-
dition des femmes y eſt la plus
heureuſe du monde , & que s'il y
avoit un pont ſur la mer , toutes
les femmes de l'Europe accoure-
roient en ce païs-là ; car les Loix
d'Angleterre,dit-il,ſont ſi favora-
bles à ce ſexe,qu'il ſemble que ce
ſont elles qui les aïent faites.

Mais nous vivons ſous un Regne
ſi Chrétien,qu'il ſe trouve encore
dans Paris & dans d'autres Villes,
des femmes auſſi vertueuſes que
Roſemonde , & des époux auſſi
heureux que Rodolphe , qui n'ont
pas beſoin d'éprouver la vertu de
leurs femmes , parce qu'elles ſont
élevées dans le ſein de la vraïe Re-
ligion, & que rien ne peut ébran-
ler leur chaſteté , malgré leur
brillante beauté, & tous les piéges
qu'on s'efforce de leur tendre ,
pour déranger leur vertu.

Fin de cette Hiſtoire.

Lû, & approuvé par le Cenſeur pour la Police, ce 24. Juillet 1738.

Veu l'Approbation, permis d'imprimer. A Paris ce vingt-quatre Juillet 1738.

HERAULT.

Regiſtré ſur le Livre de la Communauté des Libraires & Imprimeurs de Paris, No 2104. conformement aux Reglemens, & notamment à l'Arıêt de la Cour du Parlement du 3. Decembre 1705. A Paris le 26. Juillet 1738.

LANGLOIS, *Syndic.*

De l'Imprimerie de JOSEPH BULLOT.